MÉMOIRE

L'APPLICATION DU SISTÈME BARIA

PAR M. RIGOT

MEMBRE CORRESPONDANT DE LA SOCIÉTÉ IMPÉRIALE ET CENTRALE DE MÉDECINE VÉTÉRINAIRE
DE LA SOCIÉTÉ PROTECTRICE DES ANIMAUX ET DE PLUSIEURS
SOCIÉTÉS SCIENTIFIQUES, ETC.

PRIX : 1 fr. 25.

PARIS

CHEZ P. ASSELIN, GENDRE ET SUCCESSEUR DE LABÉ
Libraire de la Faculté de médecine
PLACE DE L'ÉCOLE-DE-MÉDECINE

ET CHEZ J.-B. CONCORDE, RUE SAINT-HONORÉ, 165

1861

S

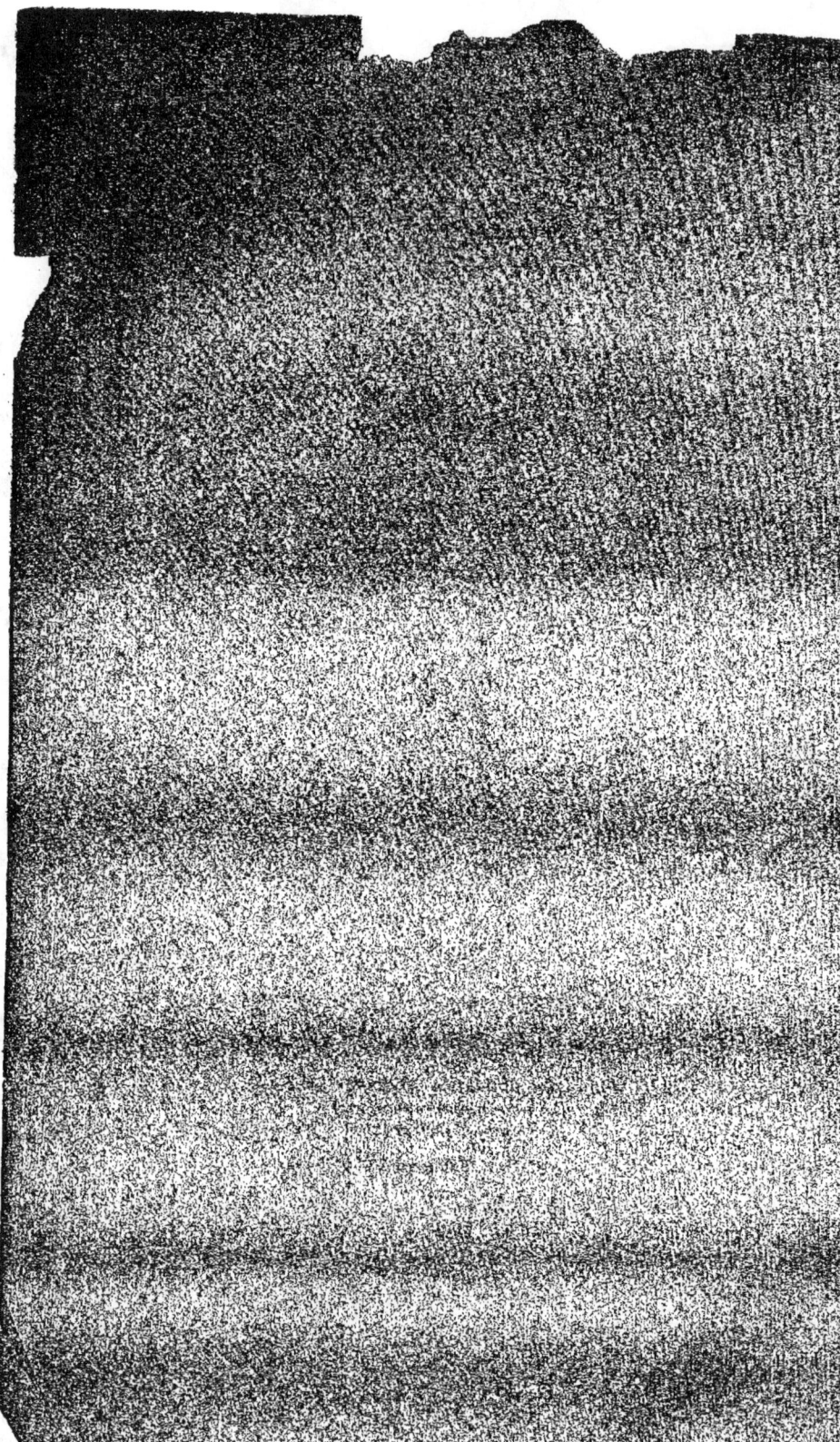

MÉMOIRE

SUR

L'APPLICATION DU SYSTÈME RAREY

Par M. RIQUET

CHEVALIER DE LA LÉGION-D'HONNEUR; MÉDECIN VÉTÉRINAIRE PRINCIPAL RETRAITÉ;
MEMBRE TITULAIRE DE LA SOCIÉTÉ IMPÉRIALE ET CENTRALE DE MÉDECINE VÉTÉRINAIRE,
DE LA SOCIÉTÉ PROTECTRICE DES ANIMAUX ET DE PLUSIEURS
SOCIÉTÉS SCIENTIFIQUES, ETC., ETC.

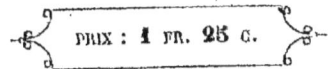

PRIX : 1 FR. 25 C.

PARIS

CHEZ P. ASSELIN, GENDRE ET SUCCESSEUR DE LABÉ

Libraire de la Faculté de médecine,

PLACE DE L'ÉCOLE DE MÉDECINE

ET CHEZ LE CONCIERGE, RUE SAINT-HONORÉ, 155.

—

1861

Tout le monde se rappelle les sentiments divers qui accueillirent les premières démonstrations du procédé de domptage des chevaux par M. Rarey ; depuis cette époque, personne, que je sache, n'a formulé une opinion générale sur la valeur pratique de ce procédé. En considérant la grande quantité de personnes qui possèdent des chevaux, je m'étonne de ce silence, et je m'étonne aussi de n'avoir pas encore vu s'ouvrir une école de dressage, où chacun des nombreux propriétaires de chevaux eût pu envoyer ceux dontla méchanceté inspirait quelque inquiétude. Désireux d'attirer l'attention sur ce sujet, je prends aujourd'hui la plume pour donner connaissance des expériences auxquelles je me suis livré.

Lorsque cette importante question fut mise à l'ordre du jour, M. Moreau-Chaslon, président du conseil d'administration de la Compagnie générale des Omnibus, justement préoccupé de savoir si le procédé pouvait recevoir une application utile pour cette vaste exploitation qui emploie plus de six mille six cents chevaux, m'engagea à prendre part à la souscription Rarey, et à expérimenter le système sur plusieurs chevaux que la Compagnie devait réformer comme vicieux.

A la suite des premiers essais, et après une expérience faite le 19 décembre 1858, en présence des membres du conseil d'administration de la Compagnie, il fut décidé qu'une école de dressage serait établie au dépôt de La Chapelle; je fus chargé spécialement de ce service pour lequel on m'adjoignit M. Borel, chef de dépôt, ancien sous-officier de cavalerie. Je m'empresse de reconnaître que, par sa grande habitude des chevaux et par son tact parfait, M. Borel m'a parfaitement secondé dans ma mission.

Avant de connaître le système Rarey, chacun se perdait en suppositions ; quelques-uns même n'étaient pas éloignés de croire au merveilleux. L'incrédulité absolue n'était pas possible ; le fait, ce brutal comme dit Pascal, était là ; on ne pouvait pas le nier, au moins comme résultat passager ; aussi les détracteurs du système s'attachèrent-ils surtout à dire : Le résultat n'est pas durable. Cette appréciation pouvait être vraie, mais encore fallait-il, avant de la produire, laisser au temps le soin de faire son œuvre, et ne pas se prononcer avec une précipitation trop grande.

Les questions, les tâtonnements, les expériences que comporte un pareil sujet sont très multiples. M. Rarey produisait son système comme un fait dont il donnait la démonstration sans l'accompagner d'aucun commentaire. Il restait donc à perfectionner, s'il était possible, la méthode, à rendre le procédé facile, usuel et d'application générale. C'est à élucider chacun de ces points que nous nous sommes attaché, en étudiant les modifications que nécessite chaque cas spécial, ou plutôt chaque série de cas en particulier. Nous nous sommes livré à cette étude avec un soin d'autant plus scrupuleux que nous n'avons jamais pu nous expliquer le motif pour lequel, à la suite de l'empressement qu'on mit à couvrir la souscription Rarey, la méthode est presque complètement tombée dans l'oubli. Faut-il donc en rechercher la cause dans cette légèreté athénienne qui serait, à ce qu'on assure, le propre de notre caractère ? ou bien, est-ce que les esprits surexcités outre mesure par le bruit qui s'est fait autour de ce procédé de domptage, auraient été désenchantés de n'y trouver qu'une chose toute simple, alors qu'ils espéraient y trouver du merveilleux ? Qu'on se rappelle les explications plus ou moins bizarres que chacun cherchait à

cette énigme qui s'appelait le système Rarey : le magné-
tisme, les manifestations fluidiques, les points hyperesthési-
ques, le chloroforme, etc., etc., j'en passe et des meilleurs ;
puis, au lieu de ces moyens que chacun aimait à se figurer
étranges, et dont tout le monde espérait user, voilà qu'on
produit un procédé tout simple, mais qui demande, pour être
employé, beaucoup de tact et l'habitude du cheval ! Il faut
se déganter et se salir les mains ; quel désappointement !
Alors on s'empresse de l'oublier comme on s'était empressé
de l'accueillir.

Pour étudier convenablement la question, il importe de
faire connaître les expériences et les moyens employés pour
les mener à bonne fin. Je dois donc tout d'abord donner
connaissance des instruments et du manuel opératoire.

On sait déjà comment procède M. Rarey, soit pour l'avoir
vu opérer, soit pour avoir lu sa brochure ; je puis me dispen-
ser de détails sur ce point. Je me bornerai à signaler quelques modifications apportées aux instruments, en vue de
rendre l'opération moins pénible et moins dangereuse pour
l'homme qui donne la leçon. Ce travail demande en effet de
l'adresse, de la patience et une grande douceur. Dans nos
premières expériences, bien que nous eussions choisi des
hommes jeunes, lestes et vigoureux, ils fatiguaient beaucoup ; nous avons donc fait aux instruments de M. Rarey
quelques petites modifications qui, en épargnant à l'opérateur
la peine de tenir l'extrémité de la longe, réduisent le manuel
à un peu d'adresse, et permettent à l'homme de se placer
constamment en face de l'animal qu'il veut réduire.

Ces instruments sont :

1° Un *bridon* ordinaire sans œillères, afin que l'animal
puisse voir continuellement l'homme qui le travaille et se
rendre exactement compte de ce qui se passe autour de lui.

2° Une *muselière*, pour les chevaux mordeurs.

3° Un *trousse-pied* en cuir (V. Figure 1.) d'une longueur

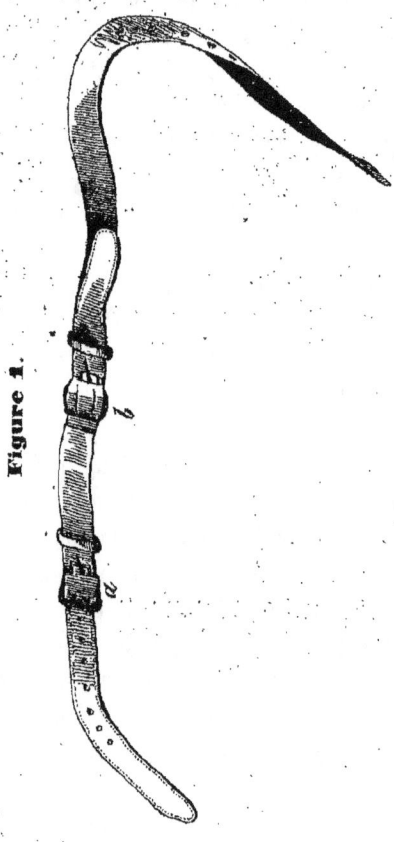

Figure 1.

de 1 m. 45 c., pourvu de deux boucles, l'une pour le paturon, placée à 40 c. de l'extrémité (*a*), la deuxième destinée à
se fixer sur l'avant-bras et placée à 55 c. de cette même extrémité (*b*). Ces deux boucles sont placées sur la même face
de la courroie, qui est percée de six trous à l'extrémité bouclant sur le paturon, et de dix trous à l'extrémité opposée.

— 9 —

4° Un *surfaix* (Figure 2) rembourré sur le garrot (a), fait

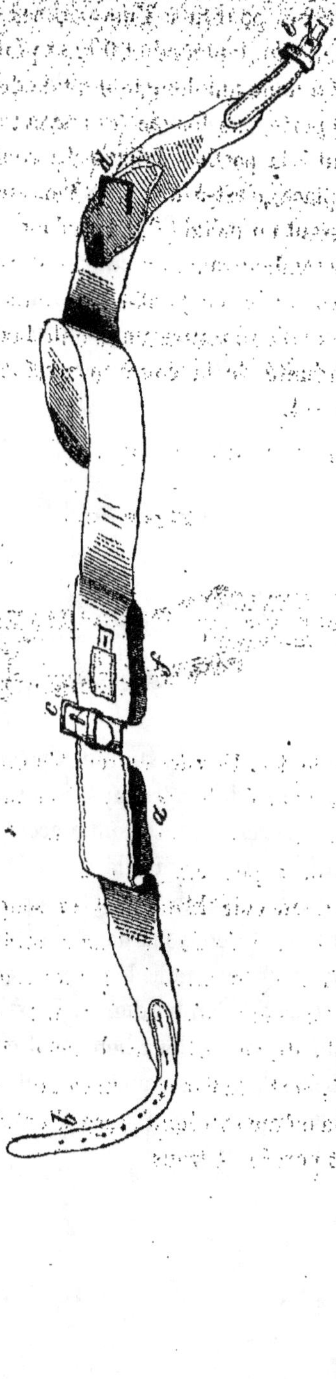

Figure 2.

en sangle solide, d'une longueur de 1 m. 60 c. sur 0 m. 10 c. de largeur, pourvu à l'une de ses extrémités d'une courroie en cuir (*b*), longue de 60 c. et percée de huit trous. L'instrument a donc une longueur totale de 2 m. 20 c. L'autre extrémité porte une boucle (*c*) sur la sangle, et au point correspondant à la partie médiane du ventre quand le surfaix est en place, c'est-à-dire à 32 c. de l'extrémité, est placé un passant en métal (*d*), destiné à recevoir la courroie-arrêt. Sur le rembourrage, un petit contre-sanglon (*e*) sert à fixer les rênes du bridon; enfin, sur la moitié gauche de la partie rembourrée se trouve une petite boucle (*f*) destinée à retenir l'extrémité de la courroie-arrêt et à l'empêcher de traîner sur le sol.

5° Un *entravon* en cuir (Figure 3) rembourré, long de

Figure 3.

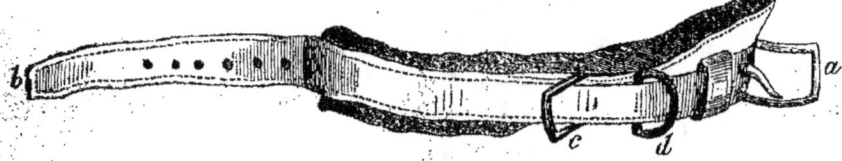

55 c., large de 4 c. Une des extrémités porte une boucle (*a*), l'autre (*b*) est percée de six trous; à la face externe et sur le milieu de la partie rembourrée sont placés près l'un de l'autre un anneau (*c*) pour assujettir la courroie-arrêt, longue de 2 m. 80 c. en cuir blanc fort et souple. Cette courroie (Figure 4) est percée de trous dans toute sa longueur, de manière à limiter plus ou moins le mouvement des membres, suivant la longueur qu'on lui donne. L'extrémité (*a*) correspondant à l'entrave porte deux boucles, l'une (*b*), à 9 c. de l'extrémité, sert à la fixer à l'anneau d'entravon; l'autre (*c*), à 32 c. de la même extrémité, reçoit l'extrémité (*d*) de la courroie qui est percée de trous.

L'opérateur, après s'être pourvu de ces instruments, procède comme il suit. Entrant dans l'écurie on aborde l'animal avec toutes les précautions nécessaires et on lui passe le bridon ; on met une muselière si c'est un animal mordeur. Puis le cheval étant amené sur la litière où doit se donner la leçon, un aide le tient par le bridon, le dresseur applique le trousse-pied au membre antérieur gauche en le fixant sur le paturon, les boucles placées en dehors ; on passe alors la partie libre de la courroie sur l'avant-bras de dehors en dedans, on la ramène en dessous de dedans en dehors et on la fixe en la bouclant de façon qu'elle soit assez serrée pour que l'animal ne puisse s'en débarrasser. Dans cette position le sabot est appliqué au coude (Figure 5). On place le surfaix comme d'habitude, les boucles du côté gauche, les rênes du bridon attachées au contre-sanglon. Cela fait, on place l'entravon au membre antérieur droit, la boucle en dehors ; l'entravon ainsi placé, les

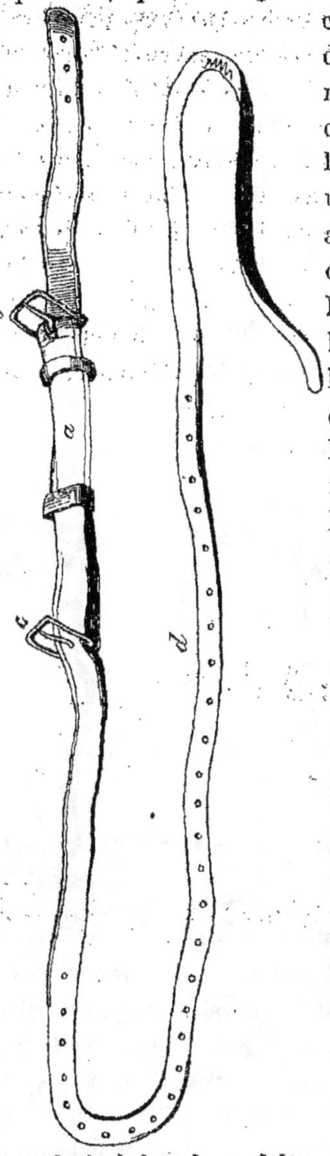

Figure 4.

deux anneaux dont il est pourvu correspondent à la partie postérieure et un peu interne du paturon. Dans l'anneau postérieur on boucle la courroie-arrêt. L'extrémité flottante est ramenée dans le passant de la partie inférieure du surfaix (c'est-à-dire sous le thorax), puis arrêtée par la deuxième boucle (Figure 4). Ainsi fixée, elle limite le mouvement du membre; on passe alors son extrémité libre dans le deuxième anneau coulant de l'entravon, et on revient l'attacher à la petite boucle de gauche du surfaix (Figure 2, *f*). Cette disposition de la courroie-arrêt dispense l'homme de tenir l'extrémité de cette courroie, évite la fatigue et diminue le danger.

L'opération que nous venons de décrire aussi exactement que possible constitue l'*habillé* (Figure 5).

Figure 5.

A partir de ce moment commence le premier temps. L'homme se place à gauche du cheval à une petite distance de l'épaule, mais de manière à ce que l'animal ne le perde jamais de vue, puis lui parlant doucement, le caressant, il le fait marcher en tous sens sur la litière. Ce premier temps dure de 45 minutes à 2 ou 3 heures, suivant les chevaux. On voit alors l'animal s'impatienter d'abord, paraître inquiet, respirer bruyamment, essayer de se dégager tout en conservant encore son aspect menaçant ; la fatigue survient, la sueur perle à l'extrémité des poils, le flanc bat avec violence et le cheval commence à exprimer plutôt l'inquiétude que la colère.

Figure 6.

Après une résistance plus ou moins longue, l'animal tombe sur les genoux; cette chute constitue le deuxième temps (Figure 6), qui dure de 15 à 45 minutes; l'homme s'empresse de raccourcir la courroie-arrêt de manière à fixer la flexion du membre droit pour empêcher le cheval de se relever, et veille à ce que l'animal ne se couche pas trop vite.

Pendant toute la durée de la génuflexion l'anxiété est extrême, autant à cause de la fatigue générale que par suite de cette position forcée, dans laquelle la masse intestinale projetée en avant vient refouler le diaphragme, gêner la circulation et la respiration; peut-être y a-t-il, ainsi qu'on l'a dit, un commencement de congestion cérébrale? Quoi qu'il en soit, l'animal souffle péniblement, ne cherche plus à résister et finit par tomber sur le flanc.

Nous sommes alors au troisième temps. L'homme prend ses dispositions pour que l'animal tombe sur le côté droit, afin d'avoir plus de facilité pour désentraver l'animal, toutes les boucles se trouvant à gauche. Dès que l'animal est tombé, le dresseur raccourcit la courroie-arrêt de manière à tenir les deux membres également fléchis. Alors, il caresse le cheval, lui parle, le flatte, tourne autour de lui, s'assied sur l'encolure, toujours en fixant les yeux sur lui, puis quand l'animal paraît dompté, ce que l'habitude permet très-bien d'apprécier, on enlève la muselière, le surfaix, la courroie-arrêt, l'entravon et le trousse-pied.

Ce *déshabillé* (Figure 7) doit se faire doucement, avec adresse, sans cris et sans à-coups. Le dresseur s'approche alors de son cheval, et toujours lui parlant il lui ouvre les mâchoires, les fait jouer l'une sur l'autre, ouvre et ferme la bouche, fléchit et étend alternativement les quatre membres, frappe légèrement les sabots. Pendant toutes ces manipulations faites avec douceur, l'animal ne bouge pas; de l'œil il suit l'homme, mais ne tente aucune résistance, même quand on monte sur lui comme sur une masse inerte, et il ne se décide à se relever que lorsqu'on l'y invite par un appel de langue.

Quatrième temps. On peut regarder comme un quatrième temps, la précaution indispensable de faire travailler le cheval immédiatement après la leçon.

S'il est difficile à la voiture, on l'attelle de suite pour une course.

S'il est difficile à garnir, on lui présente l'une après l'autre les diverses pièces du harnais, on les lui fait sentir, on les lui passe doucement devant les yeux à plusieurs reprises, autour de l'encolure et sur le dos, etc., etc., et on le garnit ainsi petit à petit.

Figure 2.

Si c'est un cheval d'attelage, devant on lui fait voir et sentir les instruments et le fer sur lequel on frappe légèrement
pour l'habituer au bruit, on les lui passe autour de l'encolure, sur le dos, on les lui fait sentir de nouveau, ensuite on
lève les pieds pour y fixer les fers.

Si c'est un cheval de selle, on le monte et on le travaille.

En un mot, on porte plus particulièrement son attention et
ses moyens sur la vice qui caractérise la méchanceté de
l'animal.

Si après le déshabillé le cheval se relève malgré la volonté
de l'homme, ce qui arrive quelquefois, il importe de recom-
mencer la leçon tout entière.

Je vais maintenant faire connaître chacune des quatre-
vingts observations recueillies par moi du 5 décembre 1858
au 8 décembre 1860, au dépôt de La Chapelle, qui a été dé-
signé comme école de domptage :

1. — CHEVAL N° 5471. Du dépôt de Jemmapes. Acheté le 21 janvier 1856.

Doux aux hommes et aux chevaux, mais difficile à ferrer. On ne
peut y parvenir qu'en le mettant au travail, et, pendant l'opération,
il fait de si grands efforts qu'il risque de se blesser gravement.

Le 5 décembre 1858, il est soumis au système Rarey, et, après la
séance, il se laisse ferrer sans difficulté.

Depuis cette époque, de temps à autre, on lève les pieds pour
frapper sur le fer avec le brochoir, et, le 12 janvier, on le ferre à la
forge sans difficulté.

Vendu le 17 octobre 1859, pour cause d'usure.

4. — CHEVAL N° 819. Du dépôt de Montrouge. Acheté le 18 avril
1855.

Difficile à garnir et à atteler.

Ce cheval, dont jusqu'alors on se rendait facilement maître avec
un peu d'adresse et de précautions, devient subitement méchant.
Lorsque le palefrenier l'approche avec le collier, il faut lutter pour
le garnir ; il cherche à mordre et à frapper ; il fait les mêmes difficultés lorsqu'il s'agit de le mettre à la voiture. Ordre avait été
donné de le châtrer ; il fut préalablement soumis à la méthode Rarey.

et, après l'opération, qui a duré une heure et demie, il s'est laissé garnir sans difficulté, a suivi, comme le chien le plus docile, l'homme qui venait de le travailler, et on a pu l'atteler et le dételer sans la moindre résistance.

Renvoyé dans son dépôt et se retrouvant en présence des conditions dans lesquelles sa défense lui avait réussi, il reprend ses mauvaises habitudes. Conduit de nouveau au dépôt de Jemmapes, où avait eu lieu la leçon, il n'a plus témoigné la moindre méchanceté; il continue à faire son service.

5. — CHEVAL N° 4922. Du dépôt de Longchamps. Acheté le 27 juillet 1855.

Très-difficile à garnir.

Le 19 décembre 1858, en présence de MM. les Administrateurs, ce cheval est soumis à la leçon, qui dure une heure et demie, et à la suite de laquelle il se laisse garnir sans difficulté. Une personne ayant fait observer que ce cheval avait cherché à mordre lors de la distribution d'avoine, on lui présente dans une vanette un kilogramme de ce grain, qu'il mange sans témoigner la moindre méchanceté. Il se laisse garnir et atteler.

On fait sortir en présence de MM. les Administrateurs les chevaux qui font l'objet des deux premières observations et qui restent doux, l'un à ferrer, l'autre à garnir et atteler. A la suite de cette séance, l'on décide que l'école de dressage sera établie au dépôt de La Chapelle.

Le cheval n° 4922 a été vendu le 25 mai 1859, parce qu'il n'avait plus assez de force pour l'omnibus.

4. — CHEVAL N° 5350. Du dépôt de Jemmapes. Acheté le 20 octobre 1855.

Il avait été châtré; mais cette opération n'avait point amendé son caractère difficile.

Soumis, le 22 décembre 1858, à la méthode Rarey, il n'a pas témoigné la moindre méchanceté pendant la leçon; l'homme qui l'avait travaillé le reconduit à son ancienne place; là il a manifesté de nouveau son indocilité. Le lendemain, nouvelle leçon; laissé dans l'écurie où il avait été travaillé, il s'est montré doux d'abord, puis est devenu de nouveau difficile. Enfin, l'épreuve ayant été continuée une troisième fois, le succès a été obtenu d'une manière définitive.

Vendu le 14 juillet 1860; usé.

5. — CHEVAL N° 4192. Du dépôt de Belleville, 2. Acheté le 16 avril 1855.

Il est resté docile jusqu'au mois d'août 1858. Il eut à cette époque des démangeaisons à la crinière ; le piqueur lui appliqua sur ce point déjà douloureux un mélange de fleur de soufre et d'essence de térébenthine. Le cheval fut tellement tourmenté par cette médication que depuis il tentait toujours de se défendre quand on voulait le garnir. Soumis, le 8 janvier 1859, à la méthode Rarey, il est devenu doux, et, attelé chaque jour, il a fait son service sans résistance.

Réformé le 23 mars 1859, pour cause d'usure.

6. — CHEVAL Nº 8399. Du dépôt de Belleville, 2. Acheté le 17 mars 1858.

Devenu difficile à garnir et rueur à la voiture. Lorsqu'il est attelé et qu'un militaire à cheval passe près de lui, il est difficile à maintenir ; à cause de cela, on lui couvre les yeux pendant le travail ; néanmoins, il reconnaît le bruit du sabre dans le fourreau et se met à ruer.

Après lui avoir donné la leçon, le 7 janvier 1859, on l'a attelé au chariot avec un autre cheval, défense ayant été donnée de le laisser au service de l'omnibus. Pendant la promenade, il n'a pas bougé. Ordre est donné de l'exercer tous les jours. Le 8, il rue de nouveau. Je décidai en conséquence que dès qu'il ferait usage de sa défense, on lui mettrait le *trousse-pied*, et qu'on le ferait marcher sur trois jambes jusqu'à épuisement. Le 9, il rue de nouveau au chariot ; on use de ce moyen, et il reste sage pendant plusieurs jours. Au bout de ce temps, il rue encore ; on le châtre ; il continue à ruer ; on revient à la méthode Rarey et il reste calme. On le met aux guimbardes, et il continue à être docile.

Vendu le 17 juin 1858.

7. — CHEVAL Nº 214. Du dépôt des Poissonniers. Acheté le 29 mars 1855.

Acheté en 1855, il est resté doux jusqu'en avril 1857. Il a commencé par se montrer sensible à l'étrille, cherchant seulement à s'éloigner lorsqu'il voyait venir le palefrenier. Cette sensibilité s'est accrue en 1858, et il a fallu l'attacher pour le panser, car il tentait de mordre. A l'omnibus, il était docile.

On l'envoya à La Chapelle le 10 février 1859. Le 11, il reçut une leçon qui dura une heure trente-cinq minutes. Après cette leçon, on le pansa avec précaution ; il fit encore quelques difficultés à l'étrille.

On lui donne une nouvelle leçon le 13, et depuis il reste docile, supportant le pansage sans chercher à se défendre.

Réformé le 17 juin 1859, pour cause d'usure, suite de vieillesse.

8. — CHEVAL Nº 7502. Du dépôt de Grenelle. Acheté le 14 juillet 1857.

Ce cheval avait toujours fait un excellent service, et il était considéré comme un des meilleurs de l'attelage. Son cocher ayant dû faire une absence pour cause de maladie, il fut conduit par un surnuméraire peu habile qui lui appliqua mal à propos un coup de fouet sur le fourreau; le cheval répondit par une ruade; l'homme et l'animal s'étant obstinés, ce dernier rua de plus belle et conserva sa défense, cherchant en outre à mordre et à frapper avec les pieds.

Conduit à La Chapelle, le 23 février 1859, on lui donna une leçon d'une heure et demie, à la suite de laquelle il est resté doux et continue à faire un bon service.

9. — CHEVAL Nº 8132. Du dépôt de Longchamps. Acheté le 28 janvier 1858.

Devenu difficile à ferrer et à panser.

MM. Renault et H. Bouley, professeurs à l'École impériale vétérinaire d'Alfort, ayant manifesté le désir de voir appliquer la méthode Rarey sur un cheval vicieux, ont été invités à se rendre au dépôt de La Chapelle. En leur présence, le 11 janvier 1859, ce cheval a été soumis à l'épreuve, qui a duré une heure trois quarts et pendant laquelle il a montré une résistance et une énergie extraordinaires. Après la leçon, on lui a levé le pied postérieur droit, ce qu'un homme a fait sans grande difficulté; mais cet homme, craintif et peu robuste, ayant abandonné le pied à la première tentative de résistance, il ne fut plus possible de le reprendre.

Le lendemain matin, on donne au cheval une nouvelle leçon, qui dure une heure et demie, même résistance; le lendemain, troisième leçon d'une heure vingt minutes, il résiste encore; enfin, le 16, on lui applique la quatrième leçon, qui dure une heure vingt minutes et à la suite de laquelle il se laisse ferrer sans résistance. Depuis cette époque, il est resté docile.

Vendu le 25 mai 1859, atteint de boiterie incurable.

10. — CHEVAL Nº 8229. Du dépôt de Belleville, 1. Acheté le 10 février 1858.

Ce cheval, devenu très-difficile à panser, après des frictions d'essence, est envoyé à La Chapelle le 27 avril 1859; une seule leçon suffit pour le rendre docile. Il continue à faire un bon service.

11. — CHEVAL Nº 9185. Dépôt de Belleville, 1. Acheté le 10 novembre 1858.

2

Ce cheval, employé au service des guimbardes, était devenu peu à peu mordeur et difficile à panser. Une seule leçon, donnée le 26 avril 1859, l'a rendu docile. Envoyé au labour le 2 mars 1860, rentré le 25 mai à La Chapelle, il a été renvoyé dans son dépôt le 6 juin, et depuis il n'a manifesté aucune résistance.

12. — Cheval n° 6961. Du dépôt de Saint-Mandé. Acheté le 12 mai 1857.

Deux leçons d'une heure et demie ont suffi pour dompter ses dispositions à mordre et à ruer; depuis, il est resté docile et continue à faire un bon service.

15. — Cheval n° 7502. Du dépôt des Ternes. Acheté le 14 juillet 1857.

Ce cheval, âgé de sept ans, a fait pendant dix-huit mois un bon service; il était seulement un peu chatouilleux. En moins de six semaines, sans cause connue, il est devenu difficile, presque intraitable. Le 7 mai 1859, il a été envoyé du dépôt des Ternes à La Chapelle; le 8, il a reçu une leçon qui a duré deux heures dix-sept minutes, et pendant laquelle il a montré une résistance incroyable. Après cette première tentative, il a encore témoigné de la résistance. Le lendemain, deuxième leçon, qui dure une heure quarante-deux minutes; il se laisse panser, mais fait encore quelques difficultés pour prendre le collier. On lui donne le lendemain une troisième leçon, qui dure une heure dix minutes; cette fois, il s'abandonne entièrement; il est dompté.

Après avoir fait ainsi pendant *sept* mois un excellent service au dépôt de La Chapelle, il est renvoyé aux Ternes le 15 novembre; en arrivant dans la cour de cet établissement, il fait quelques difficultés; rentré à l'écurie, il reconnaît son ancien palefrenier et cherche à le serrer contre la mangeoire au moment où cet homme lui donne l'avoine. En peu de jours, sa méchanceté reprend toute sa violence. On le renvoie à La Chapelle. Arrivé devant la porte de cet établissement, il fait quelques difficultés pour entrer, puis, une fois dans la cour, il est pris d'un tremblement qui dure environ un quart d'heure, et, chose surprenante, il n'a pas été nécessaire de lui donner de nouveau la leçon. On l'a laissé dans ce dépôt, où depuis cette époque il fait un excellent service.

Je crois qu'il est difficile de trouver un exemple qui démontre d'une manière plus positive de quelle excellente mémoire est doué le cheval.

14. — CHEVAL n° 4596. Du dépôt de Bercy. Acheté le 8 juin 1855.

Une seule leçon d'une heure et demie, donnée le 13 mai 1859, le rend complétement docile ; il commençait à mordre et à ruer.

Vendu le 25 juin 1860, âgé de quinze ans, n'ayant plus assez de force pour faire le service.

15. — CHEVAL n° 8508. Du dépôt de La Chapelle. Acheté le 10 avril 1858.

Il manifestait des dispositions à ruer et à frapper.

Une seule leçon d'une heure, donnée le 24 mai 1859, suffit pour le rendre docile ; il continue à faire un bon service.

16. — CHEVAL n° 8067. Du dépôt des Ternes. Acheté le 19 décembre 1857.

Devenu tout à coup mordeur et rueur sans cause connue.

Une leçon, qui dure trois heures dix minutes, donnée le 27 juin 1859, le dompte complètement.

Vendu le 5 mai 1860, atteint d'une boiterie incurable.

17. — CHEVAL n° 4387. Du dépôt des Poissonniers. Acheté le 16 avril 1855.

Difficile à panser, cherchant à mordre et à ruer.

Une leçon d'une heure, le 13 juillet 1859, suffit à le réduire.

Réformé, âgé de seize ans, le 18 novembre 1859.

18. — CHEVAL n° 6505. Du dépôt de Jemmapes. Acheté le 1er octobre 1856.

Difficile à panser, à garnir et à ferrer.

Une leçon de deux heures lui est donnée le 27 juillet 1859. Il reste doux.

Vendu après réforme le 24 janvier 1860, n'ayant plus assez de force pour le service de l'omnibus.

19. — CHEVAL n° 7150. Du dépôt de La Villette. Acheté le 12 avril 1857.

Difficile à garnir et à panser.

Le 1er août 1859, une leçon d'une heure et demie suffit pour le rendre docile.

Vendu poussif, le 21 janvier 1860.

20. — CHEVAL n° 8643. Du dépôt de Courbevoie. Acheté le 21 avril 1858.

Devenu rueur et difficile à garnir.

Il reçoit, le 14 août 1859, une leçon d'une heure vingt minutes, et il reste doux.

Vendu après réforme, le 24 décembre 1859, n'ayant plus la vigueur nécessaire pour faire le service.

21. — CHEVAL n° 4891. Du dépôt de Longchamps. Acheté le 24 juillet 1855.

Cherchant à mordre et à ruer après quatre ans de bon service.

Le 19 août 1859, il reçoit une leçon de deux heures; il reste doux.

Réformé et vendu le 5 mai 1860, complétement usé.

22. — CHEVAL n° 6252. Du dépôt de Charonne. Acheté le 19 juin 1856.

Devenu difficile à panser, à harnacher, et ruer.

Le 21 août 1859, il reçoit une leçon d'une heure quinze minutes; il reste doux.

Réformé et vendu le 17 juillet 1860, pour cause d'usure dans ses membres.

23. — CHEVAL n° 9515. Du dépôt des Batignolles. Acheté le 19 janvier 1859.

Ce cheval, que personne n'osait approcher depuis quelque temps, reçoit une leçon le 19 septembre 1859 ; elle dure une heure quarante minutes. L'animal devient doux et est renvoyé dans son dépôt, où il reste docile.

Ce fait curieux peut être opposé aux contradicteurs du système Rarey qui, ne se donnant pas la peine d'étudier la question sous toutes ses faces et d'observer les détails infinis du caractère du cheval, refusent toute action à ce procédé de domptage.

24. — CHEVAL n° 9537. Du dépôt de La Villette. Acheté le 22 janvier 1859.

Dès le mois de juillet, il se montre difficile à panser, à harnacher et à ferrer.

Sa résistance devenant dangereuse, on lui donne, le 28 septembre 1859, une leçon qui dure deux heures et demie, et, immédiatement après, on lui pratique, debout, l'opération de deux seimes aux membres postérieurs; pendant cette opération, l'animal reste docile, et, avant la leçon, il était impossible de lui lever les pieds. Il continue à faire un excellent service.

25. — CHEVAL n° 9978. Du dépôt de Jemmapes. Acheté le 7 avril 1859.

Devenu difficile à panser et à garnir, et enfin cherche à mordre et rue à la voiture.

Le 5 octobre 1859, il reçoit une leçon qui dure une heure trente-cinq minutes; ensuite il se laisse panser, garnir et atteler sans difficulté. Depuis, il a été envoyé deux fois au labour, où il est resté docile. Ce cheval est redevenu irritable à la suite d'un accident; son cocher, étant à la station, déjeûnait, le dos tourné à la tête de ses chevaux; il avait dans la main gauche un morceau de pain et dans la droite un couteau à lame pointue; le cheval, en jouant avec son camarade, fit un mouvement de tête qui effraya l'homme, et celui-ci, en se retournant brusquement, le bras tendu, le blessa à la narine droite avec son couteau. L'animal devint furieux et, depuis cette époque, il a fallu recourir plusieurs fois à l'application du système, qui, en définitive, a parfaitement réussi.

Vendu usé, le 25 décembre 1860.

26. — Cheval nº 8665. Du dépôt de Charonne. Acheté le 24 vril 1858.

Devenu tout à coup rueur et mordeur.

Le 10 octobre 1859, il reçoit une leçon qui dure une heure trois quarts; ensuite on le panse, on l'attelle, et il reste doux.

Vendu le 15 juillet 1860, usé.

27. — Cheval nº 7205. Du dépôt des Ternes. Acheté le 28 avril 1859.

Après six mois de bon service, il cherche à mordre et à frapper des pieds de devant et de derrière.

On lui donne une leçon le 13 novembre 1859; elle dure près de trois heures, et il ne s'est couché qu'après deux heures et demie de lutte. A la suite de la leçon, on le conduit à l'écurie, on le panse, on le garnit et on l'attelle sans qu'il fasse la moindre résistance; depuis, le succès ne s'est pas démenti. Il continue à faire un excellent service.

28. — Cheval nº 4412. Du dépôt de Saint-Maur. Acheté le 7 mars 1855.

Difficile à garnir, à ferrer, et prompt à ruer.

Ce cheval, âgé de neuf ans, était au dépôt depuis quatre ans; il avait toujours été très-doux, lorsque, le 24 octobre 1859, ayant besoin d'être ferré des quatre pieds, il se laisse attacher trois fers, mais se défend au quatrième. Il nous est impossible d'expliquer ce caprice. On l'envoie à La Chapelle le 13 novembre 1859; il reçoit une leçon, qui dure une heure quarante minutes, et il se laisse ensuite ferrer sans résistance. Renvoyé à son dépôt, où il est resté docile.

29. — CHEVAL n° 9781. Du dépôt de La Villette. Acheté le 26 février 1859.

Difficile à ferrer.

Le 27 novembre 1859, il reçoit une leçon qui dure deux heures trois quarts. On le ferre ensuite sans difficulté; depuis, il est resté docile.

Vendu le 10 juillet 1860, ne pouvant plus faire le service.

30. — CHEVAL n° 2635. Du dépôt de Montrouge. Acheté le 1er mars 1855.

Il est resté docile pendant plusieurs années; ensuite il est devenu très-difficile à panser et à ferrer.

Il reçoit, le 17 novembre 1859, une leçon de deux heures, après laquelle il se laisse panser et ferrer sans difficulté, et, depuis, il reste doux.

Vendu usé, le 10 juillet 1860, âgé de dix-huit ans.

31. — CHEVAL n° 7234. Du dépôt de Saint-Maur. Acheté le 1er mai 1857.

Devenu rueur et cherchant à mordre, il reçoit, le 20 décembre 1859, une leçon d'une heure et quart; il reste doux. Il continue à faire un bon service.

32. — CHEVAL n° 5611. Du dépôt du Maine. Acheté le 13 février 1856.

Devenu difficile à panser et à garnir, il reçoit, le 28 décembre 1859, une leçon de trois heures; après quoi, on le bouchonne et on l'attelle; il fait de nouveau quelque résistance, on lui donne, le 29, une seconde leçon; il ne tombe qu'au bout de deux heures; mais cette leçon est décisive et il reste docile.

Vendu le 14 août 1860, âgé de onze ans, n'ayant plus la force nécessaire pour faire le service de l'omnibus.

33. — CHEVAL n° 9480. Du dépôt de La Villette. Acheté le 18 janvier 1859.

Difficile à garnir et amoureux de l'homme.

Le 25 janvier 1860, ce cheval est conduit au Cirque-Napoléon pour être travaillé devant le public par M. Rarey. Il montre une grande vigueur et résiste pendant longtemps; depuis, il reste docile. M. Rarey, ayant vu, lors de cette expérience, les modifications que j'ai fait subir aux instruments de domptage, les a adoptés pour son usage.

Ce cheval, très-doux pour son palefrenier, mais ayant montré de l'irritation contre des personnes étrangères qui l'approchaient, a reçu une seconde leçon le 22 août et une troisième le 4 décembre 1860.

54. — CHEVAL n° 7851. Du dépôt de Jemmapes. Acheté le 9 octobre 1857.

Devenu rueur, difficile à garnir, frappe du devant.

Ce cheval arrive au dépôt le 9 octobre 1857 ; trois semaines après, il commence à ruer de temps en temps à la voiture, reste docile pendant environ quinze jours, puis recommence à ruer ; bref, pendant l'automne de 1858, il a été plus indocile, s'est calmé pendant l'hiver et redevient difficile au printemps. A l'écurie, ce cheval est calme. On lui donne, le 28 janvier 1860, une leçon d'une heure et demie, et il reste doux. Il continue à faire un bon service.

55. — CHEVAL n° 7642. Du dépôt de Saint-Maur. Acheté le 28 juillet 1857.

Devenu rueur et très difficile à panser, il est soumis à l'épreuve, le 22 février 1860, pendant une heure et cinq minutes, après quoi il ne témoigne plus de méchanceté.

Vendu, le 7 juin 1860, pour cause d'usure.

56. — CHEVAL n° 10789. Du dépôt de Belleville, 1. Hongre, acheté le 2 novembre 1859.

Devenu mordeur et rétif pendant le service.

Ce cheval reçoit, le 11 mars 1860, une leçon d'une heure et demie, et elle suffit pour le dompter. Renvoyé dans son dépôt, le 18 avril, il est docile et fait un bon service.

57. — CHEVAL n° 404. Du dépôt de Saint-Maur. Acheté le 28 avril 1855.

Devenu très-difficile à panser et à garnir, rue à la voiture.

Envoyé, le 24 mars 1860, à l'école de La Chapelle, on lui donne la leçon le 25 ; elle dure trois heures. Ce cheval est le deuxième qui offre une aussi longue résistance. A la suite de la leçon, on l'attelle pendant trente minutes au chariot et on le met après à l'omnibus ; il ne bouge plus.

Il continue à faire un bon service.

58. — CHEVAL n° 10085. Du dépôt de La Chapelle. Acheté le 26 avril 1859.

Devenu méchant par suite de frayeur.

Cette observation fournit un renseignement utile sur l'une des

causes de la méchanceté du cheval, et prouve que la peur a quelquefois cette conséquence.

Le 15 mars 1860, ce cheval était en station sur la place Saint-Sul-
pice, lorsqu'un chien qu'on disait enragé, poursuivi par des sergents
de ville, vint se réfugier entre ses jambes, où il fut tué. Mais, comme
on doit bien le penser, cette scène n'avait pas eu lieu sans attroupe-
ment, sans bruit, sans tumulte; et le cheval, effrayé par les cris et
par la foule, se mit à ruer, brisa ses traits et se jeta sur l'agent qu'il
mordit; il fut ramené à l'écurie, non sans difficulté, tant il était
furieux.

Remis le lendemain en service, il recommença à ruer en apperce-
vant les sergents de ville; il fut alors envoyé à La Chapelle, où il
reçut une leçon le 3 mars; cette leçon dure une heure et demie,
après quoi on l'attelle pendant trente-cinq minutes au chariot, puis
à l'omnibus. Ce changement s'opérait devant la porte du dépôt, près
de laquelle se trouvaient deux sergents de ville de service. Le chef
de dépôt, craignant de voir se renouveler la scène des jours précé-
dents, fit prévenir ceux-ci; mais, au lieu de s'effrayer, ils s'approchè-
rent avec précaution de l'animal, le caressèrent, lui passèrent un de
leurs chapeaux devant les yeux, autour de la tête, et, au grand éton-
nement de tous, le cheval resta docile.

Envoyé au labour le 12 mai; rentré le 6 juin, il n'avait pas cessé
d'être doux aux hommes et aux chevaux; mais, dans les premiers
jours de décembre 1860, il paraît plus irritable que d'habitude; il
reçoit une leçon qui le calme.

39. — Cheval n° 5864. Du dépôt de Vincennes. Acheté le 3 avril
1856.

Devenu difficile à garnir, et rue à la voiture.

On lui donne, le 25 mars 1860, une leçon de deux heures, puis
immédiatement on l'attelle au chariot pendant une demi-heure, après
quoi on le met à l'omnibus pour faire deux tours; il reste doux.
Renvoyé dans son dépôt le 13 avril, il continue à faire un bon service.

40. — Cheval n° 7159. Du dépôt de Jemmapes. Acheté le 16
avril 1859.

Après dix mois de service, il cherche à mordre et à frapper.

Il reçoit une leçon d'une heure trente-cinq minutes le 27 mars 1860.
Il reste doux; il fait un excellent service.

41. — Cheval n° 5093. Du dépôt des Gobelins. Acheté le 4 septembre 1855.

Devenu difficile à panser et à garnir, se cabre et cherche à mordre.

Il reçoit une leçon d'une heure et quart le 30 mars 1860, puis on le panse, on le garnit et on l'attelle sans la moindre difficulté.

Vendu vieux et usé le 25 juin 1860.

42. — CHEVAL n° 6711. Du dépôt de Charonne. Acheté le 27 janvier 1857.

Après deux ans et demi de service, il cherche à mordre et se cabre à la voiture.

Il reçoit une leçon d'une heure et quart le 10 avril 1860; il fait encore quelques difficultés; nouvelle leçon le 11; elle dure une heure vingt minutes. Depuis, il n'a pas cessé d'être docile.

Vendu usé le 17 juin 1860.

43. — CHEVAL n° 9758. Du dépôt de Vincennes. Acheté le 24 février 1859.

Se montre peu à peu difficile à panser, à garnir, à ferrer; rue pendant le travail.

Le 16 avril 1860, une leçon d'une heure vingt minutes suffit pour le rendre docile. Il continue à faire un bon service.

44. — CHEVAL n° 6004. Du dépôt de Champigny. Acheté le 24 avril 1856.

Devenu difficile à panser et à garnir, cherche à mordre, à frapper et rue à la voiture.

Le 15 avril 1860, on lui donne une leçon d'une heure vingt minutes; ensuite, on le bouchonne, on le garnit et on l'attelle. Ce cheval n'a plus témoigné de méchanceté.

Renvoyé dans son dépôt le 13 juillet 1860, il continue à être docile.

45. — CHEVAL n° 6585. Du dépôt de La Villette. Acheté le 10 décembre 1856.

Ce cheval est resté docile jusqu'au mois de février 1860. A cette époque, sans cause connue, il a commencé à devenir taquin. Le 21 février, on le conduit à la forge; après avoir été déferré des deux pieds de devant, il entra dans un accès de fureur tel, qu'il fut impossible de l'approcher; il se dressait le long du mur et se jetait sur tout ce qui l'entourait. On le laissa se calmer, puis, sans essayer de lui mettre ses fers, on le conduisit à La Chapelle, où, le 23 avril 1860, une leçon suffit pour le ramener à la douceur.

Renvoyé dans son dépôt le 13 juillet 1860.

46. — CHEVAL n° 11246. Du dépôt de la barrière Charenton. Acheté le 7 février 1860.

Ayant manifesté des dispositions à mordre et à frapper, il reçoit une leçon le 20 avril; elle dure deux heures; depuis il est docile et fait un excellent service.

47. — CHEVAL n° 5426. Du dépôt de Saint-Mandé. Acheté le 4 janvier 1856.

Pendant plus de quatre ans, ce cheval a été très-docile; vers le mois de février 1860, il est devenu chatouilleux à l'étrille; puis, vers le mois de mars, il a cherché à mordre et à frapper son palefrenier.

Une leçon d'une heure un quart, donnée le 6 mai 1860, suffit à le calmer.

Il est sage et fait un bon service.

48. — CHEVAL n° 9629. Du dépôt de Grenelle. Acheté le 7 février 1859.

Devenu peu à peu difficile à atteler, cherche à mordre et à frapper. Le 8 mai 1860, on lui donne une leçon qui dure une heure vingt minutes, et, depuis, il n'a pas cessé d'être doux.

Réformé le 10 juillet 1860, pour cause d'usure.

49. — CHEVAL n° 6838. Du dépôt de la Gare d'Ivry. Acheté le 12 février 1857.

Au dire du chef de dépôt, qui est rempli de sollicitude pour sa cavalerie, ce cheval est resté doux à l'homme et docile à la voiture jusqu'au mois de février 1860; c'est seulement à cette époque qu'il a témoigné de la haine pour son palefrenier, qui était obligé de l'attacher court au râtelier, pour le panser et le garnir; mais cet homme, ayant été surpris à brutaliser ce cheval à coups de fourche, fut renvoyé sur-le-champ. Depuis lors ce cheval fut indocile.

Dans la persuasion qu'un changement de dépôt et la fatigue suffiraient pour le ramener à la douceur, M. le sous-directeur de la cavalerie le fit passer dans le dépôt de Belleville 2, le 16 mai 1860.

Pour le conduire sans danger, on avait dû lui mettre un capuchon sur les yeux, et l'homme qui le montait ne descendit que lorsqu'il fut attaché dans l'écurie. Jusqu'alors on avait pu, sans inconvénient, l'atteler et le dételer en prenant des précautions.

Le 17 mai, on voulut l'atteler, en prenant toutes les précautions nécessaires. Sorti de l'écurie, il se défendit mollement d'abord, puis, s'animant par degrés, il chargea l'homme qui le tenait et le renversa ; heureusement, cet homme put se dégager sans être blessé. On parvient à rentrer le cheval à l'écurie et à lui passer le *trousse-pied*, qu'on devait laisser jusqu'au moment où la fatigue vaincrait sa résistance ; on devait alors profiter de ce moment pour l'atteler ; mais il fit de tels efforts, qu'il se dégagea de ce lien, et, par prudence, on le laissa à l'écurie.

Reconnaissant que les quatre jours qu'on lui avait fait passer dans le dépôt de Belleville 2 n'avaient pas diminué sa résistance, on l'envoie au dépôt de La Chapelle, le 22 mai, pour être soumis au système Rarey ; deux heures après son arrivée, on prend des dispositions pour lui donner la première leçon ; il cherche à mordre et à frapper. Arrivé dans l'écurie, où on travaille habituellement les chevaux méchants, il entre en fureur ; et ce n'est qu'après avoir lutté avec lui pendant plus de vingt minutes, qu'on est parvenu à lui mettre le *trousse-pied*. Il s'est alors calmé par degrés ; et, une heure après le commencement de la leçon, on a pu lui retirer la muselière ; il n'a plus cherché à mordre ; son attitude menaçante a fait place à une expression de douceur ; et, après la leçon, on a pu l'atteler comme le cheval le plus docile. La course terminée, on l'a dételé, dégarni sans résistance, et il a suivi l'homme comme pourrait le faire un chien. Dans l'écurie, on l'a bouchonné sans résistance sur toutes les parties du corps, et, depuis, il n'a pas cessé d'être calme et docile. Il craignait encore la fourche et le balai ; on mit alors en permanence dans la mangeoire, à droite et à gauche, ces deux ustensiles d'écurie ; petit à petit il s'y habitua, et sa crainte pour ces objets disparut complétement. Il continue à être sage et à faire un excellent service.

50. — CHEVAL n° 6151. Du dépôt de Longchamps. Acheté le 21 mai 1856.

Après quatre ans de bon service, il cherche à mordre et à frapper.

Une leçon d'une heure trois quarts, donnée le 27 mai 1860, suffit pour le rendre doux.

Vendu pour cause d'usure le 14 juillet 1860.

51. — CHEVAL n° 8765. Du dépôt du Panthéon. Acheté le 28 avril 1858.

Devenu peu à peu difficile à garnir ; cherche à mordre.

Une leçon d'une heure vingt-cinq minutes, le 29 mai 1860, suffit pour le rendre doux.

Il continue à faire un bon service.

52. — CHEVAL n° 9928. Du dépôt de Longchamps. Acheté le 1er avril 1859.

Il est resté docile jusqu'au mois de mars 1860.

A cette époque, il cherche à mordre et à frapper lorsqu'on l'approche.

On lui a donné une leçon, le 6 juin 1860, d'une heure quarante-cinq minutes, après quoi on le panse, on le bride, on le garnit et on l'attelle sans résistance. Ce cheval est resté doux et continue à faire un bon service.

53. — CHEVAL n° 9393. Du dépôt de La Villette. Acheté le 3 janvier 1859.

Resté doux jusqu'en février 1860. D'abord d'une méchanceté timide, il en est venu peu à peu à chercher à mordre et à frapper des pieds de derrière.

Le 11 juin 1860, on lui donne une leçon, qui dure une heure trente-cinq minutes; rentré à l'écurie, on le panse, on le garnit et on l'attelle pour faire un tour; depuis cette époque, il est resté doux et continue son service.

54. — CHEVAL n° 9488. Du dépôt de Vincennes. Acheté le 18 janvier 1859.

Dans le milieu du mois d'avril 1860, il est devenu irritable; il menace de mordre ceux qui l'approchent; en mai, il rue plusieurs fois étant attelé; il cherche même à frapper son palefrenier.

Le 11 juin 1860, on lui donne une leçon qui dure une heure quarante-cinq minutes; elle suffit pour le ramener à la plus complète docilité. Il continue à faire un bon service.

55. — CHEVAL n° 4945. Du dépôt de la Gare d'Ivry. Acheté le 27 juillet 1855.

Devenu, après cinq ans de service, difficile à garnir, mordeur et rueur.

Le 14 juin 1860, il reçoit une leçon d'une heure vingt minutes; on l'attelle et il reste calme.

56. — CHEVAL n° 10960. Du dépôt de Vaugirard. Acheté le 8 décembre 1859.

En juin 1860, sans cause connue, il cherche à mordre et à frapper avec ses pieds de devant.

Ce cheval a été envoyé au dépôt de La Chapelle, les yeux bandés, musclé, les rênes de la bride passées dans l'avant-bras gauche, et l'animal attaché derrière une voiture; lorsqu'il s'est agi de lui donner la leçon, il a fallu lutter plus d'une heure pour lui poser l'appareil. A la suite de cette leçon, il devient traitable et docile.

Depuis cette époque, il fait un bon service.

57. — CHEVAL n° 11259. Du dépôt de Belleville 2. Acheté le 7 février 1860.

Devenu difficile à panser, cherche à mordre, à frapper du devant et des pieds de derrière.

Ce cheval s'est d'abord montré sensible à l'étrille, puis il est devenu plus irritable, plus taquin, et, à la suite d'une morsure faite à l'oreille par un de ses voisins, il devient impossible de le panser; il veut se jeter sur l'homme qui lui présente le collier.

On lui donne, le 22 juin 1860, une leçon d'une heure et demie, à la suite de laquelle il suit l'homme avec la plus grande docilité.

Depuis cette époque, il n'a plus témoigné de méchanceté.

58. — CHEVAL n° 9009. Du dépôt de Montrouge. Acheté le 19 juin 1858.

Il montre, au bout de deux ans, des dispositions à mordre, à frapper et à ruer.

Ce cheval présente des intermettences dans ses accès de méchanceté; il reste doux pendant douze ou quinze jours, puis, tout à coup, sans cause, ou du moins sans cause appréciable, il devient presque furieux.

Le 23 juin 1860, après une leçon de deux heures et demie, l'animal se laisse bouchonner, panser et garnir, sans témoigner de méchanceté.

Il continue à faire un excellent service.

59. — CHEVAL n° 9902. Du dépôt de Montrouge. Acheté le 26 mars 1856.

Au bout de quatre ans, il cherche à mordre et à frapper.

On lui donne une leçon le 27 juin 1860; elle dure une heure et demie, et il devient doux.

Il continue à être docile et à faire un bon service.

60. — CHEVAL n° 6711. Du dépôt de Jemmapes. Acheté le 27 janvier 1857.

Devenu difficile à ferrer et à garnir, et mordeur.

Après une leçon qui lui est donnée le 1er juillet 1860, il reste doux.

61. — CHEVAL n° 7454. Du dépôt de Vaugirard. Acheté le 19 juillet 1857.

Depuis six semaines environ, il a pris peu à peu l'habitude de se cabrer, lorsqu'on veut l'atteler; depuis quelques jours, il se jette sur le timon et fait les mêmes difficultés lorsqu'on veut le dételer; pour ne pas avoir à lutter avec lui, on démontait les harnais pour le rentrer à l'écurie. On lui donne, le 7 juillet 1860, une leçon qui dure une heure et demie ; elle est suivie d'un succès complet.

62. — CHEVAL n° 10286. Du dépôt de Belleville 2. Acheté le 3 juin 1859.

Se montre disposé à mordre et à ruer.

On lui a donné une leçon le 13 juillet 1860 ; elle a duré une heure cinquante minutes, on l'a attelé sans difficulté; le 11 août, il a lancé une ruade dans la voiture ; le 13, on lui a appliqué une deuxième leçon. Depuis cette époque, il est resté docile.

63. — CHEVAL n° 5401. Du dépôt des Poissonniers. Acheté le 4 février 1856.

Il est resté doux pendant quatre ans, après lesquels il est devenu difficile à garnir, à atteler et très-irritable.

On lui a appliqué une leçon le 16 juillet 1860 ; elle a duré deux heures; on l'attelle pour un tour; il est docile. Le 25 août, il témoigne de la méchanceté; on lui applique une leçon de une heure cinquante minutes; il reste doux jusqu'au 13 septembre, où il fait des difficultés pour se laisser garnir; alors on lui donne une leçon qui dure une heure quarante-cinq minutes ; on lui fait faire un tour ; le 9 novembre, il refuse obstinément de prendre le collier; on lui donne sur-le-champ une leçon qui dure deux heures un quart; depuis cette époque, il n'a plus fait de résistance.

64. — CHEVAL n° 6665. Du dépôt de Longchamps. Acheté le 18 janvier 1857.

Devenu difficile à garnir, rueur, et cherchant à mordre.

On lui a appliqué une leçon le 17 juillet 1860 ; elle a duré une heure cinquante minutes ; ensuite, il s'est laissé panser, garnir et atteler, sans opposer la moindre résistance ; il a fait un tour à la voiture ; son cocher l'a trouvé très-docile; mais, le 22 juillet, il répond par une ruade à un coup de fouet qu'il avait mérité. Après avoir été dételé, on lui donne une deuxième leçon qui dure une heure cinq minutes. Le 4 août, il ne veut pas se laisser panser et menace son palefrenier. On lui applique, après cette résistance, une troisième leçon qui dure deux heures vingt-huit minutes; il resta doux jusqu'au 10 novembre; à cette date, il reçoit une quatrième leçon, pour avoir voulu mordre son palefrenier.

Depuis cette époque, il est docile.

65. — CHEVAL n° 7851. Du dépôt de Bercy. Acheté le 9 octobre 1857.

Devenu rueur et difficile à garnir.

Il reçoit, le 27 juillet 1860, une leçon qui dure une heure dix minutes; il se laisse garnir et atteler sans difficulté; il fait un tour sans témoigner la moindre volonté; il est si docile que, le 13 août, on le reconduit dans son dépôt; mais, peu à peu, il redevient difficile et même dangereux; le 24 août, on le renvoie à La Chapelle, où il reçoit une leçon qui dure une heure trois quarts; depuis cette époque, il est tout à fait docile.

66. — CHEVAL n° 12057. Du dépôt de La Chapelle. Acheté le 12 août 1860.

Ce cheval, étant au travail, s'est mis à ruer et a voulu mordre son camarade. Arrivé devant la porte du dépôt, on l'a dételé et on lui a donné de suite une leçon qui a duré une heure et demie; après quoi, il a suivi l'homme jusqu'à son écurie. Depuis, il est docile.

67. — CHEVAL n° 12059. Du dépôt de La Chapelle. Acheté le 11 août 1860.

Se montre difficile à panser et à garnir, et disposé à mordre.

Le 17 août 1860, on lui a donné une leçon qui a duré deux heures cinq minutes; on l'a ensuite garni et attelé pour faire un tour. Le 20, il a voulu mordre son palefrenier, pendant le pansage; on l'a pris de suite pour lui appliquer une deuxième leçon, qui a duré une heure et demie; le 19 novembre, il refuse, sans motif, de se laisser garnir; on lui applique une troisième leçon; après quoi, il reste sage.

Depuis cette époque, il est docile.

68. — CHEVAL n° 9634. Du dépôt de Vaugirard. Acheté le 7 février 1859.

Il n'y avait d'abord que des précautions à prendre avec ce cheval. Ayant rué à la voiture, pendant le service, il a reçu une leçon qui a duré une heure quarante minutes. Attelé pour faire un tour, il se montre docile; mais il recommence à ruer dès le lendemain; il reçoit alors une deuxième leçon, après laquelle il ne cherche plus à ruer.

Il fait son service.

69. — CHEVAL n° 11755. Du dépôt de la barrière Charenton. Acheté le 28 mai 1860.

Difficile à ferrer et disposé à mordre.

Le 10 octobre 1860, il reçoit une leçon qui dure une heure cinquante-cinq minutes; on l'attelle pour un tour. Le 15, on le conduit à la forge, où il fait des difficultés pour se laisser ferrer; on le ramène sur la litière, il reçoit une deuxième leçon et se laisse ferrer sans la moindre résistance; il ne conserve plus qu'une certaine susceptibilité dans le caractère.

70. — CHEVAL n° 12451. Du dépôt de Boulogne. Acheté le 9 octobre 1860.

Envoyé à La Chapelle, parce qu'il avait cherché à mordre et à frapper, il reçoit une leçon qui dure deux heures; on le panse, on le garnit et on l'attelle pour faire un tour.

Depuis cette époque, il est resté complétement docile.

71. — CHEVAL n° 9389. Du dépôt de Courbevoie. Acheté le 3 janvier 1859.

Devenu difficile à panser, à garnir et rue à la voiture.

Envoyé à La Chapelle le 17 octobre 1860, on lui donne, le 18, une leçon qui dure une heure quarante minutes; on le panse et on le garnit sans la moindre difficulté; on lui fait faire un tour qu'il exécute avec la plus grande docilité. Le 24 octobre, il ne veut pas qu'on lui mette le collier; on lui donne une deuxième leçon qui dure une heure et demie; après quoi il est sage. Le 9 décembre, il rue à la voiture; en rentrant au dépôt, on lui applique une troisième leçon; elle dure cinquante-cinq minutes.

Maintenant il est docile.

72. — CHEVAL n° 9997. Du dépôt de Charenton-le-Pont. Acheté le 14 avril 1859.

Ayant cherché à mordre et à frapper, il reçoit, le 21 octobre 1860, une leçon d'une heure cinquante-cinq minutes; ensuite on lui fait faire un tour; il n'a pas témoigné de méchanceté depuis ce jour.

73. — CHEVAL n° 11969. Du dépôt des Gobelins. Acheté le 26 juillet 1860.

Devenu difficile à panser, à garnir et atteler, rueur à la voiture, il reçoit une leçon le 20 novembre 1860; elle dure une heure dix minutes; on le panse, on le garnit et on l'attelle sans qu'il témoigne la moindre résistance.

Le 4 décembre, il ne veut pas se laisser atteler; on le rentre et on lui donne une deuxième leçon, qui dure deux heures ; depuis, il n'a plus fait de difficultés.

74. — CHEVAL n° 5231. Du dépôt de Longchamps. Acheté le 18 septembre 1855.

Après cinq ans de service, il cherche à mordre et rue à la voiture.

Il reçoit, le 27 novembre 1860, une leçon d'une heure et demie ; ensuite, on le conduit à l'écurie, on le panse, on le garnit et on l'attelle pour faire un tour ; il a été docile, et, depuis cette époque, il n'a pas cessé d'être tranquille.

75. — CHEVAL n° 6338. Du dépôt de Longchamps. Acheté le 19 juillet 1856.

Pendant plus de quatre ans, il a donné des preuves de la plus grande docilité ; tout à coup il devient difficile à panser, à garnir, à ferrer et à atteler.

On lui donne une leçon le 29 novembre 1860 ; elle a duré deux heures dix minutes ; après quoi, il s'est montré tout à fait docile, et, depuis, il n'a pas fait la moindre résistance.

76. — CHEVAL n° 10855. Du dépôt du Maine. Acheté le 25 novembre 1859.

Cherche à mordre et rue à la voiture.

On lui donne, le 1er décembre 1860, une leçon qui dure une heure cinquante minutes, après laquelle on l'attelle ; il n'a plus témoigné de méchanceté.

77. — CHEVAL n° 6174. Du dépôt de La Villette. Acheté le 29 mai 1856.

Depuis le mois de septembre 1860, il est devenu peu à peu difficile à garnir et à atteler ; en outre, il rue à la voiture.

Le 5 décembre 1860, on lui donne une leçon qui dure deux heures cinq minutes ; après cela, il se laisse garnir et fait son service avec la plus grande docilité.

78. — CHEVAL n° 2637. Du dépôt de Grenelle. Acheté le 1er mars 1855.

Après plus de cinq ans de service, il cherche à mordre.

Il reçoit une leçon le 7 décembre 1860 ; elle dure une heure trente-cinq minutes ; depuis, il reste docile.

79. — CHEVAL n° 9962. Du dépôt de Saint-Maur. Acheté le 7 avril 1859.

3

Devenu difficile à atteler et rueur, cherchant à mordre.

On lui donne une leçon le 8 décembre 1860 ; elle dure deux heures dix minutes ; depuis, il reste docile.

80. — CHEVAL n° 10095. Du dépôt de Vaugirard. Acheté le 26 avril 1859.

Devenu peu à peu difficile à panser et garnir. Il veut frapper et mordre.

Le 8 décembre 1860, on lui donne une leçon qui dure deux heures ; ensuite, il suit l'homme jusqu'à l'écurie ; on le panse et on le garnit sans qu'il oppose la moindre résistance ; il continue à être docile.

Si nous résumons ces observations, nous voyons que, du 5 décembre 1858 jusqu'au 8 décembre 1860, il a été admis dans le dépôt de La Chapelle, pour être soumis au système Rarey, quatre-vingts chevaux provenant des divers établissements de la Compagnie.

Ces chevaux sont répartis comme il suit :

NOMBRE DE CHEVAUX DEVENUS VICIEUX DANS CHAQUE ÉTABLISSEMENT DEPUIS DEUX ANS.

DÉPOTS.	EFFECTIF des Chevaux	VICIEUX	DÉPOTS.	EFFECTIF des Chevaux	VICIEUX
	»	»	Report........	2474	44
Jemmapes....	460	7	Grenelle......	190	3
Saint-Mandé ..	150	2	Maine........	260	4
Bre Charenton.	280	2	Villette......	250	6
Charonne	40	3	Batignolles ...	180	1
Vincennes....	90	3	Gobelins......	230	2
Saint-Maur ...	100	5	La Chapelle...	170	2
Champigny...	35	1	Ternes........	350	2
Brecy........	150	3	Longchamps..	425	6
Belleville 1...	125	3	Panthéon.....	225	1
Belleville 2 ..	140	4	Poissonnires ..	280	4
Gare d'Ivry...	219	2	Courbevoie....	240	3
Vaugirard ...	409	3	Char.-le-Pont.	65	1
Montrouge....	276	6	Boulogne.....	120	1
À reporter....	2474	44	TOTAL........	5459	80

CLASSEMENT DES CHEVAUX D'APRÈS LEUR AGE.

5 ANS.	6 ANS.	7 ANS.	8 ANS.	9 ANS.	10 ANS. ET AU-DESSUS.	TOTAL.
2	12	14	15	16	21	80

TEMPS DE SERVICE APRÈS LEQUEL S'EST DÉCLARÉE LA MÉCHANCETÉ.

1 AN.	2 ANS.	3 ANS.	4 ANS.	5 ANS.	6 ANS. ET AU-DESSUS.	TOTAL.
6	14	12	9	19	20	80

MOIS DE L'ANNÉE PENDANT LESQUELS S'EST DÉCLARÉE LA MÉCHANCETÉ.

1859				1860			
		Report...	15	Report...	30	Report...	60
Janvier...	3	Juillet...	3	Janvier...	2	Juillet...	5
Février...	2	Août...	3	Février...	3	Août...	2
Mars...	1	Septembre.	2	Mars...	6	Septembre.	2
Avril...	2	Octobre...	2	Avril...	5	Octobre...	4
Mai...	4	Novembre.	2	Mai...	6	Novembre.	3
Juin...	3	Décembre.	3	Juin...	8	Décembre.	4
A reporter.	15	A reporter.	30	A reporter.	60	TOTAL...	80

NOMBRE DE LEÇONS DONNÉES POUR RÉDUIRE LES CHEVAUX.

1 LEÇON A	2 LEÇONS A	3 LEÇONS A	4 LEÇONS A	TOTAL.	
41	15	17	7	80	On voit que le plus ordinairement une ou deux leçons ont suffi.

DURÉE DE LA RÉSISTANCE AVANT D'OBTENIR LA RÉSOLUTION MUSCULAIRE.

1 HEURE	1 HEURE 1/2	2 HEURES	2 Hres 1/2	5 HEURES ET PLUS.	TOTAL.	
30	24	16	9	4	80	On voit qu'il faut ordinairement de une heure à deux heures environ pour ramener le cheval à la douceur.

Sur les quatre-vingts chevaux admis dans le dépôt de La Chapelle, du 5 décembre 1858 au 8 décembre 1860, vingt-cinq ont été réformés pour cause d'usure ou de claudication incurable, et aucune réclamation n'est parvenue à l'Administration depuis la vente ; un est à la ferme, pour se remettre des fatigues du travail ; un est mort d'apoplexie en juin 1859 ; sept ont été renvoyés dans leurs dépôts, où ils continuent à être dociles. Il reste par conséquent quarante-cinq chevaux réduits au dépôt de La Chapelle.

Le vice sur lequel l'action du système paraît avoir le moins d'effet, est celui que l'on désigne à tort sous la dénomination de cheval amoureux de l'homme ; ces sortes de chevaux adoptent généralement l'homme qui leur donne la nourriture ; il est rare qu'ils cherchent à le mordre ou à le frapper ; mais lorsque d'autres personnes veulent les approcher, ils s'agitent, les fixent du regard ; respirant comme s'ils voulaient les sentir, ils grattent le sol avec leurs pieds antérieurs, font entendre un espèce de grognement court qui part de la gorge, agitent leur queue et fientent. Parmi les quatre-vingts chevaux qui font le sujet de ces expériences, il n'y en a que cinq qui ont présenté ce caractère ; je pense que si ces animaux eussent été, après la leçon, employés aux travaux plus doux de la ferme, ils seraient restés dociles, à moins qu'il n'existe parmi les chevaux, comme parmi les hommes, de ces natures perverses que rien ne peut corriger.

Je vais maintenant entrer dans quelques détails sur la psychologie du cheval au point de vue des expériences dont je m'occupe. J'aborde d'autant plus volontiers cette question, que les discussions qui ont récemment surgi au sein de la Société impériale et centrale de médecine vétérinaire, à propos du bistournage du cheval, l'ont en quelque sorte mise à l'ordre du jour, et que cette étude, si féconde en enseignements pratiques, a été, selon moi, trop négligée.

Le cheval, comme la plupart des animaux pachydermes à l'ordre desquels il appartient, est essentiellement domestique; il est l'un des premiers animaux ralliés à l'homme, c'est dire qu'il est doux et obéissant; mais si, par aventure, il devient méchant, c'est bien l'animal le plus terrible qu'on puisse imaginer. Sa douceur ordinaire est cause qu'on ne s'en méfie pas, et il est souvent trop tard pour éviter ses atteintes, quand on s'aperçoit de sa colère à cette attitude effrayante qu'on ne saurait se figurer sans l'avoir vue. Son œil est menaçant et reflète les sentiments qui l'agitent; il grince des dents, fait entendre des grognements sourds ou des cris aigus, creuse le sol de ses pieds antérieurs, guettant de l'œil l'homme qu'il veut atteindre et l'attaquant de la dent et des pieds dès qu'il passe à sa portée. D'autres fois, c'est sournoisement et par-derrière qu'il atteint son ennemi : souvent, dans ces accès de méchanceté, l'instinct de conservation semble aboli, et ces furieux se jettent sur les objets inertes qui les entourent. Personne ne reconnaîtrait dans cet animal le doux compagnon de nos travaux, qui a si libéralement mis à notre service sa force et son intelligence.

Si on étudie avec soin le cheval, on voit sans peine qu'il est doué d'une grande mémoire et reconnaît facilement les hommes qui l'ont maltraité et lui ont fait subir d'injustes sévices, ou les objets qui lui ont causé une simple frayeur.

Si faible que soit l'intelligence des animaux, si on la compare à ce rayon de la divinité qui fait l'homme créé à son

image, elle existe cependant. L'observation et la comparaison, conséquences de cette mémoire dont nous consta-
tions plus haut l'existence, permettent à l'animal d'apprécier
la différence entre les bons et les mauvais traitements. S'il
est entre les mains d'un homme doux, il comprend la faute
et l'évite ensuite par crainte du châtiment, quand celui-ci
est donné à propos et n'éveille pas une de ces douleurs
qui égarent « les fils de cette pensée dont l'écheveau, comme
dit le poëte, n'est pas encore débrouillée. »

Je citerai ici les opinions de M. Flourens, sur l'instinct
et l'intelligence des animaux, parce que ces opinions sont
déduites de l'expérimentation, et reposent sur des faits qu'on
peut considérer comme certains.

« D'après les travaux de F. Cuvier, dit M. Flourens,
« cette intelligence s'élèverait par degrés, des rongeurs aux
« ruminants, des ruminants aux pachydermes, des pachy-
« dermes aux carnassiers et aux quadrumanes. C'est dans
« la réflexion et la liberté que ce laborieux observateur a
« placé la limite qui sépare l'intelligence de l'homme de
« celle des animaux. En un mot, les animaux *sentent, con-*
« *naissent, pensent;* mais l'homme est le seul de tous les
« êtres à qui ce pouvoir ait été donné de sentir qu'il sent,
« de connaître qu'il connaît, et de penser qu'il pense. »

Nous avons rapporté cette opinion de M. Flourens, parce
qu'elle contredit formellement celle des Cartésiens, qui re-
fusaient absolument aux animaux le don de l'intelligence.
En conséquence, il faut conduire le cheval comme un animal intelligent; malheureusement, la plus grande partie des
hommes qui le soignent agissent d'une façon toute con-
traire, et provoquent chez l'animal les éclats d'une méchanceté qui, si on cherchait bien, est encore une preuve d'intelligence, puisqu'elle n'est autre chose qu'une réaction
légitime contre les mauvais traitements. Cette méchanceté
provient encore trop souvent de la douleur que l'animal

éprouve pendant le travail, lorsqu'il est excédé par la charge, ou blessé par le harnais.

Le n° 6838, bon cheval percheron, âgé de six ans, était seulement un peu irritable lorsqu'on l'a acheté ; peu à peu sa sensibilité a augmenté, et un mois environ ayant d'être soumis au système Rarey, il avait pris l'habitude, dès qu'il comprenait que l'heure du travail approchait, de mordre et de frapper ses voisins, comme pour s'enhardir à la lutte ; puis, lorsque le palefrenier s'approchait pour le garnir, il l'attaquait du pied et de la dent. Hors ce temps, l'animal était calme, et ses accès, devenus peu à peu journaliers, ne survenaient qu'à l'heure du travail, pendant lequel il souffrait probablement et qu'il cherchait à éviter en employant ses moyens de défense.

Le n° 5426 n'a pas témoigné la moindre méchanceté pendant les quatre premières années de son service ; puis, tout à coup, quand le moment de le garnir approchait, il devenait hargneux, agitait sa queue, poussait son camarade avec sa croupe, et c'est avec peine qu'on parvenait à l'atteler. Dès qu'il était à la voiture, il regardait son épaule droite, s'animait, soulevait plusieurs fois la croupe sans détacher la ruade ; puis arrivant jusqu'au paroxysme de la colère, il cherchait à mordre, et ruait jusqu'à briser ses traits. Pour ce cheval encore, c'était le moment du travail qui déterminait ces accès de méchanceté ; il faut bien croire qu'il y avait là quelque cause restée inconnue, qui en provoquait périodiquement le retour.

Le n° 4192 éprouvait des démangeaisons dans la crinière et se frottait sur les corps à sa portée. Le piqueur, voulant faire passer ces démangeaisons, prit sur lui de frotter les parties avec un mélange de soufre et d'essence de térébenthine ; l'animal en fut tellement tourmenté qu'il devint furieux, et depuis ce jour il se montre chatouilleux quand il s'agit de le garnir et de lui passer le collier.

La mauvaise habitude qu'ont certains hommes d'agacer les chevaux les rend méchants et est quelquefois cause des accidents les plus graves.

Un cheval du dépôt de Longchamps, nᵒ 6645, faisait journellement le service depuis plus de quatre ans. Comme il était connu pour son caractère doux et docile, lorsqu'il était en station, les conducteurs et les cochers le caressaient et lui donnaient fréquemment du sucre, dont il était friand. Un jour, un de ces hommes eut la pensée de substituer au sucre une pincée de tabac en poudre ; l'animal en prit quelques grains avec ses lèvres, et cette poudre irritant la muqueuse, il fit ce qu'on appelle vulgairement la grimace. Cette surprise amusa beaucoup les auteurs de cette sotte plaisanterie, qui la renouvelèrent jusqu'à irriter l'animal et le rendre furieux. Rentré à l'écurie, il mordit fortement son palefrenier, qui était sans défiance. Cet accident, arrivé en juin 1860, provoqua un ordre du Comité de direction de la Compagnie Générale des Omnibus, désireux de prévenir le retour d'accidents semblables. Cependant l'animal oublia cette mauvaise plaisanterie, et cessa de témoigner de la méchanceté. Combien de chevaux semblables à celui-ci sont devenus méchants pour avoir été trop sociables ? On s'amuse d'eux, on les caresse, et comme ils se laissent aborder facilement, il se trouve toujours quelqu'un pour les agacer, les exciter et provoquer cette transformation, d'une douceur extrême en une méchanceté dangereuse.

Ainsi qu'on peut le voir par ces quelques exemples, presque toujours, chez l'animal, la méchanceté est provoquée par une cause souvent inappréciée, mais qu'avec un peu d'attention il serait le plus souvent facile de trouver.

Parmi les 1,000 ou 1,200 chevaux de remonte achetés chaque année par la Compagnie Générale des Omnibus, quelques-uns, pendant les premiers temps de leur service, deviennent diffficiles par la faute de leurs cochers, qui ne comprennent pas que l'animal subitement changé d'habitudes, surexcité par le mouvement des voitures et les bruits de la ville, s'irrite ou s'effraie facilement, et qu'il ne faut pas réprimer ces mouvements trop brusques par les saccades sur les barres ou les coups de fouet sur les testicules, ce qui provoque infailliblement de la part de l'animal une défense bien naturelle.

La meilleure preuve de ce que j'avance, c'est que tel cheval rueur ou difficile à conduire, devient doux et maniable entre les mains d'un homme qui le mène sans brutalité et avec le tact qui fait le vrai cocher.

Parfois un vieux cheval, chez lequel la force trahit la bonne volonté manifeste, de la méchanceté, parce que, se sentant impuissant à accomplir la tâche de chaque jour, il se révolte contre les hommes, les harnais et les voitures, qu'il reconnaît pour causes de ses souffrances. Dans ce cas, il n'y a d'autre parti à prendre que de le réformer.

Je pense que personne ne contredira cette opinion qu'on peut, ce me semble, ériger en principe, à savoir : que le cheval n'est pas nativement méchant ; s'il le devient, c'est par la brutalité de l'homme, le souvenir ou la crainte de la douleur, la frayeur, etc., etc., etc. La ferrure est une cause des plus fréquentes : le bruit de la forge, la fumée de la corne brûlée par le fer rouge, une piqûre, une brûlure, sont autant d'actions contre lesquelles réagit l'animal, sans que l'homme prenne, le plus souvent, le soin de les lui épargner ou cherche à le familiariser avec elles.

Pendant le pansage, l'action brutale de l'étrille irrite la peau ; pendant le travail, une pièce trop serrée du harnais, un mors trop dur, une gourmette mal ajustée, la brutalité de la main, produisent les mêmes résultats fâcheux.

J'ai vu des chevaux devenir hargneux après le tondage, parce que la peau devenant sensible après cette opération, les animaux, toujours en défiance, cherchaient à se défendre d'un contact douloureux ; j'en ai vu d'autres devenir dangereux, par suite des mauvais traitements subis pendant l'opération.

La non-satisfaction des besoins génésiques est encore une cause de méchanceté ; aussi a-t-on remarqué qu'au moment du rut, les animaux sont plus irritables qu'en aucune autre saison ; à cela, rien d'étonnant, ils ne font qu'obéir à la loi de nature, qui rend à ce moment les animaux plus fiers, plus vigoureux et plus sensibles.

Telles sont les principales causes de la méchanceté dans le cheval, qui, je le répète, ne naît pas méchant ; il le devient, et cela le plus souvent par suite de mille causes diverses qui ont provoqué une douleur dont il garde le souvenir.

C'est donc un devoir, une nécessité, de s'attacher plus qu'on ne le fait généralement, à l'éducation de cette bête intelligente qui s'appelle le cheval ; j'ai dit intelligente, ce n'est pas assez, j'aurais dû dire raisonnable, généreuse et pensante, et je le prouve ; je n'irai pas chercher dans l'arsenal des anecdotes plus ou moins apocryphes des romans ou de la morale en action ; je citerai un fait et des noms pour que l'on puisse en contrôler l'exactitude.

En 1850 [1], un cheval breton, appelé *Lapin*, appartenant à M. Lavaurs, entrepreneur des travaux de la ligne de Lyon, sur la section de Lanthenay, près Dijon, était employé comme lanceur sur un chantier aux wagons; ce travail aussi dangereux pour le cheval que pour le conducteur, exige des deux parts autant d'énergie que d'intelligence. Le nommé Joseph, charretier-lanceur par profession, ivrogne par habitude, ayant un jour trop copieusement fêté la purée septembrale, comme disait notre vieux Rabelais, avait laissé sa raison au fond de son verre et perdu l'usage de ses jambes. Voulant, avec cette obstination qui n'appartient qu'à l'ivrogne, continuer son service, il avait déjà lancé quelques

[1] Ce fait m'a été rapporté par M. Amiot, chef du dépôt de Jemmapes et ancien directeur des travaux dont M. Lavaurs avait l'entreprise.

wagons, s'accrochant pour ainsi dire à son cheval, lorsqu'il trébucha contre une des traverses soutenant le rail, et tomba dans la voie, décrochant heureusement dans sa chute la chaîne qui rend le cheval solidaire du wagon. Prompt comme l'éclair, l'animal saisit son conducteur sur les reins par sa chemise et sa blouse, et, sautant hors de la voie, arrache ainsi ce malheureux à une mort certaine. Ce fait, presque incroyable, s'est passé en présence de plus de trois cents individus, ouvriers, manœuvres ou employés.

On a célébré bien longtemps sur tous les chantiers de la ligne les hauts faits de *Lapin*, et les ivrognes faisaient haut leur partie dans ce concert de louanges.

Le propriétaire, M. Lavaurs, voulant épargner à *Lapin* une mort honteuse de la main de l'équarrisseur, l'a placé dans sa ferme de Montigny-sur-Loing, près Fontainebleau, où il jouit en paix d'une retraite honorablement gagnée, méditant au milieu des gras pâturages sur la vérité de ce dicton populaire qui affirme qu'un bienfait n'est jamais perdu.

Ai-je trop dit ? n'est-ce pas une action véritablement humaine que celle de ce cheval, qui, appréciant le danger et comprenant pour son conducteur l'impossibilité de l'éviter, le saisit à belles dents pour l'arracher à la mort ? Dans cette action, nous trouvons toutes les facultés qui constituent l'entendement : mémoire, conception, réflexion, spontanéité d'action.

Pour moi, en présence des expériences auxquelles je me suis livré, le procédé Rarey est efficace ; mais je me demande par quelle action se produisent ses résultats ?

La leçon, je crois, a deux actions : l'une physique et l'autre morale.

La première réside dans l'impuissance où se trouve l'animal de se servir de ses armes, en même temps que dans l'épuisement musculaire momentané qui en résulte, qu'il sent être du fait de l'homme et contre lequel il réagit en vain. Le cheval a ainsi conscience de son infériorité, en présence de cet homme qui ne provoque chez lui aucune réaction par ses gestes ou sa voix; car il importe que le dresseur parle toujours doucement et caresse l'animal.

Pour traduire en deux mots ma pensée, la leçon est un langage à l'aide duquel l'homme et l'animal se comprennent, sans brutalité, sans violence, mais en même temps sans faiblesse. Il se passe alors dans cette intelligence un travail de comparaison qui est le premier pas vers le succès. L'animal qui a souvent lutté, et lutté avec avantage, résiste; mais la fatigue survient bientôt, et alors ce regard, ce facies et cette attitude qui, tout à l'heure encore, étaient menaçants, changent subitement; l'inquiétude du regard, puis une expression de soumission se succèdent rapidement, et la résistance ne s'adresse plus à l'homme. Le cheval, brisé par la fatigue, se couche enfin, et, bien que délivré de ses liens, ne se relève que lorsque l'homme lui en donne l'ordre; il semble avoir abdiqué en présence de cette volonté plus forte que la sienne, qui l'étonne en ne provoquant pas ces réactions violentes qui ne sont pour lui autre chose qu'une défense.

Un fait d'observation, c'est que la leçon est bien plus efficace lorsque l'homme se trouve seul avec l'animal, loin des bruits étrangers ou des autres chevaux dont la présence détourne son attention. Cette action est plus puissante encore, si on laisse le cheval demeurer dans l'écurie où il a été dompté.

On a prétendu que l'état congestionnel de la tête, qui résulte de la position à genoux que prend le cheval, souvent longtemps avant de tomber, était le moyen le plus actif du procédé; cette supposition est peut-être vraie; mais on comprend qu'il soit impossible de rien affirmer à cet égard. Quoi qu'il en soit, le système Rarey n'est pas un simple moyen de douceur, c'est un moyen combiné, à l'aide duquel l'homme use les résistances de l'animal, et lui fait comprendre son impuissance, en même temps que, par la douceur, par les caresses, il l'habitue aux choses qui l'effrayaient ou le mettaient en fureur.

Il reste à l'animal un souvenir terrible de cette leçon ; on pourra en juger en relisant les observations 2 et 13 de ce Mémoire. Est-ce à dire que la méthode Rarey soit douée de ce caractère merveilleux qu'on lui avait tout d'abord attribué, et avec elle peut-on dompter toujours du premier coup les chevaux dangereux? Pour beaucoup, une seule leçon suffit, pour d'autres, deux et même trois séances sont nécessaires ; si on avait pris la précaution d'appliquer à *Strafford* plusieurs leçons de suite, si on l'avait retiré du dépôt dans lequel il se sentait maître, si on avait évité le retour des causes qui entretenaient sa méchanceté, je suis convaincu que cet étalon servirait encore à la reproduction.

De bonne foi, je ne crois pas qu'un *seul homme de cheval,* et je souligne le mot, car je ne prends pas pour tels les oisifs plus ou moins intelligents qui s'intitulent ainsi, je ne crois pas, dis-je, qu'un seul homme connaissant le cheval, ait pu espérer dompter, toujours du premier coup, un cheval méchant, et pouvoir négliger les précautions, soit pour éviter les causes qui avaient provoqué la méchanceté, soit pour éloigner celles qui l'entretenaient ; car, je le répète, le cheval ne devient méchant que par le fait de l'homme.

La difficulté du domptage serait singulièrement atténuée, si on avait soin de soumettre au système tout cheval qui commence à manifester de la méchanceté, la leçon étant bien plus efficace quand l'animal n'a pas encore pris l'habitude de combiner ses moyens de défense, et n'a pas sent qu'il domine l'homme par la crainte qu'il lui inspire. Ceci n'est pas une simple assertion, car nous voyons tous les jours des chevaux n'être méchants qu'avec certaines personnes ou dans quelques circonstances déterminées ; nous voyons aussi des chevaux méchants épargner des enfants à leur portée, recevoir les soins d'une femme ou adopter un

palefrenier, se jetant sur toute autre personne indistincte-
ment. Il y a chez les animaux une faculté de perception, une
subtilité du regard qui leur permet d'apprécier ce qu'ils
doivent craindre ou aimer.

Mon intention, en sollicitant la réunion de tous les chevaux méchants dans un même dépôt, a été d'abord de faci-
liter mes expériences, et surtout de soustraire ces animaux
aux mauvais traitements auxquels ils pourraient être exposés
de la part de quelques palefreniers qui, soit par crainte,
soit par brutalité, ne sont que trop disposés à n'approcher
ces chevaux que la fourche ou le fouet à la main.

« Pour que l'intelligence et les facultés affectives du
« cheval se développent dans toute leur étendue, » dit
M. d'Orbigny, « il faut que l'homme lui vienne en aide ; il
« faut qu'il le traite en compagnon, en ami et non pas en
« esclave. Sous le fouet de nos charretiers, le cheval s'abru-
« tit et dégénère au moral plus encore qu'au physique. Cet
« animal, comme tous les autres, a besoin de ne recevoir
« que des impressions nettes et précises. »

Que pourrais je dire de plus clair pour expliquer l'action
du procédé Rarey ? Avec lui, point d'action provoquant forcé-
ment comme toujours une réaction ; la fatigue physique, qui
va jusqu'à l'épuisement complet, donne au cheval la notion
« nette et précise » de la puissance de l'homme qui le
dompte. J'ajoute que le grand avantage de ce procédé est de
donner promptement des résultats.

En France, on néglige trop la douceur comme moyen
d'éducation, et cependant, tous les hommes qui ont pratiqué
avec intelligence les animaux, savent quelles ressources
présente ce moyen ; dernièrement encore notre confrère
M. Richard, du Cantal, en citait un exemple très-remarqua-
ble sur un yack réputé indomptable. Je me suis dit souvent
qu'il fallait que le cheval fût naturellement bien doux, pour
ne pas devenir plus souvent méchant, à la suite des mau-

vais traitements qu'on lui fait si souvent endurer ; et cependant : « Toute la nature, dit M. Michelet, proteste contre la « barbarie de l'homme, qui avilit, qui torture son frère in- « férieur ; elle l'accuse devant celui qui les créa tous deux ! »

La chasse aux éléphants, telle qu'elle est pratiquée à Ceylan, d'après les récits de sir J. Emerson Tennent, fournit une singulière analogie avec l'application du système Rarey.

Quand les animaux sont acculés dans une enceinte préparée pour la circonstance, on fait entrer un éléphant domestique, et derrière cette espèce d'agent provocateur, derrière ce faux frère, se glissent quelques hommes, qui passent adroitement autour des membres des animaux qu'on veut prendre, des cordes qu'on attache solidement à l'arbre le plus voisin. Ainsi entravé, l'animal se débat et s'épuise en efforts impuissants ; cette lutte du sauvage qu'on veut civiliser dure souvent vingt-quatre, quarante-huit heures, mais alors l'animal épuisé, succombant à la fatigue, se rend ; il est dompté, et l'homme peut s'en emparer sans crainte.

N'est-ce pas le procédé Rarey que les insulaires de Ceylan emploient depuis un temps immémorial ?

Ceci soit dit sans vouloir diminuer en rien le mérite du dompteur américain, mais seulement dans l'intérêt de l'histoire, et un peu aussi pour prouver une fois de plus qu'il n'est rien de nouveau sous le soleil.

En résumé, le système Rarey nous a donné des résultats excellents, et quand je dis excellents, je n'exagère pas ; plus de luttes entre l'homme et l'animal, luttes regrettables en ce sens qu'elles amènent toujours quelques actes d'une brutalité sauvage, et donnent un exemple toujours dangereux ; au point de vue des intérêts de l'humanité, les chances d'accident par les chevaux considérablement diminuées ; et au point de vue de l'intérêt de l'administration, plus d'indemnités à des hommes plus souvent victimes de leur imprudence que de la méchanceté des chevaux ; enfin, avantage de conserver plus longtemps des chevaux pour le service, au lieu de les vendre à vil prix.

Cette question de l'application du système Rarey s'élève donc à la hauteur d'une question d'humanité. Je ne sais si l'appel que je fais sera entendu ; quoi qu'il en soit, j'engage toutes les personnes qui affectionnent le cheval à étudier de nouveau cette question et à perfectionner la méthode que M. Rarey nous a donnée telle quelle, et qui est susceptible d'améliorations, en tant que moyen d'éducation des chevaux méchants.

Je serai largement payé de mes peines, si j'ai pu inspirer quelque pitié pour ces animaux dont on méconnaît trop les facultés affectives et intellectuelles.

En quittant la froide analyse, cette sévère matrone qui ne veut pas qu'on s'écarte du chemin de la logique, laissez-moi vous dire avec M. Michelet, dans cet admirable langage de poëte qu'il parle si bien :

« ... Regardez sans prévention leur air doux et rêveur, et « l'attrait que les plus avancés d'entre eux éprouvent visi-« blement pour l'homme : ne diriez-vous pas des enfants dont « une fée mauvaise empêcha le développement, qui n'ont « pu débrouiller le premier songe du berceau ; peut-être des « âmes punies, humiliées, sur qui pèse une fatalité passagère ?

« Triste enchantement, où l'être captif d'une forme im-« parfaite dépend de ceux qui l'entourent comme une per-« sonne endormie.

« Mais, parce qu'il est comme endormi, il a, en récom-« pense, accès vers une sphère de rêves dont nous n'avons « pas l'idée.

« Nous voyons la face lumineuse du monde, lui la face « obscure ; et qui sait si celle-ci n'est pas la plus vaste des « deux ?

8765 — Paris, imprimerie Renou et Maulde, rue de Rivoli, 144.

PARIS — IMPRIMERIE RENOU ET MAULDE,
RUE DE RIVOLI, 144.

www.ingramcontent.com/pod-product-compliance
Lightning Source LLC
Chambersburg PA
CBHW061702180626
46818CB00003B/1217